歌集

居其可在處

そのあるべきところにゐよ

皇 邦子

＊目次

I

II

III

挿画　岡崎優花
写真　岡崎花子
装画　劒持玄太
装幀　劒持珠子

皇邦子歌集

居其可在處（そのあるべきところにゐよ）

I

サックスのソロ

小人図鑑に小人ノートも見せ呉れぬ創りし五人をつぶさに記して

吹きたきはサックス成りたきは漫画家と少女抱く夢はわが未知の領域

その唇（くち）に相応（ふさ）ふはクラリネットかフルートかわが少女は部活に一歩踏み出す

吹きたきはサックスと無邪気に言ひし幼今をとめさびタクト眼に追ふ

新芽ほぐるる気配ただよはせわが少女クラリネット吹く面輪の静謐

チューバの口ますぐに立ちて響きそめ刻むリズムに陰翳加はる

頰染めてわが少女吹くサックスはハーモニー成し聴き分かち得ず

みづからがアレンジせしといふサックスのソロかろやかにリズムを刻む

指揮棒は高く激しく振り上げられ「トゥーランドット」終楽章に向かふ

＊

わが少女今日は幼をひとり占め手遊びの指ひらひらしなやか

贈りたる書見台いまタブレット・スタンドに使ふと少女は自在

写メールのイラスト指先に拡げゆけばものうき碧の眼差し浮き出づ

思春期の心にとどく言葉は何　探しあぐねつつ生れ日迫る

探し当てし言葉の鍵は合ひたるらし返信スタンプはハートのマーク

おまけは『檸檬』

地下道を出づれば甲高き異国語にかこまれ蹴上はたちまち未知の街

ビルのはざまの矩形の空は澄みわたりメリー・ポピンズ傘差し降り来や

少女ふたりスマホ打ちつつすれ違ふ一瞬合はせ鏡の像めく

堀川より河原町過ぎ五条大橋約せる茶わん坂までわが足耐ふるか

鏡のドアに映れる吾に生身のわれ身を寄せ四条通りに夫待つ

再開せる京都丸善にいちはやく求めし書見台のおまけは『檸檬』

エレベーターに「何階」と問はれ「皆さんとおなじ」と媼に一座ざわめく

ショウケースよりつぎつぎ開き呉るる傘わが好みの柄早く出で来よ

試着せる胸に大花火ひらくベスト着こなし得ずと鏡にひるむ

K音のみ強くひびきて意味分かぬ会話聞え来ひとり坐すカフェ

エスカレーター昇りゆく身を浸しくる夜半も残れる地上のほめき

ためらひつつ坐る空席わが身幅は隣人(となり)に触れずすんなり収まる

往きに席をゆづり帰途には譲らるる老いの線上をたゆたふ吾か

「手鞠」と名づけむ

円通寺の御堂の閉ざせる一間より聞こゆる談笑　良寛も混じるか

備中・玉島

瀬戸の海見放くる段々畑の道のどかに行きしかしやくれ顎の良寛

農家の壁にもたれて居眠る逸話読む解されがたき自然児のおもかげ

掌にやすく収まり錆朱に鈍く光る備前の茶器を夫に贈らむ

夫よこの備前は「手鞠」と名づけむか良寛たどる今日の記念（かたみ）に

時刻み初めたる生命

時刻み初めたる生命を今日は聞く「あんぢようきいや」祖母(おほば)は祈るよ

激ちゐる奔流のごとき胎(はら)の児の心音と聞けばこころやすらふ

母に似て読書好むか読みをれば鎮まると娘は胎の児を言ふ

木香薔薇しばし咲きゐよ身ひとつ生命（いのち）ふたつの娘の帰る日まで

「二度蹴ればやさしくノックを二度返す」と娘は胎の児と蜜月にゐる

祖母吾の声に応へて胎の児はいまゆるやかに位置替ふと言ふ

胎の児は今宵活発リズム正しくしやくり上ぐるが掌に伝ひくる

胎内に宿れる時間はあとわづか揺られて来よとウォーキングに送り出す

産まむ日の近づく娘に添ふウォーキング月見草かげりなき黄に咲くに遇ふ

未明の境内

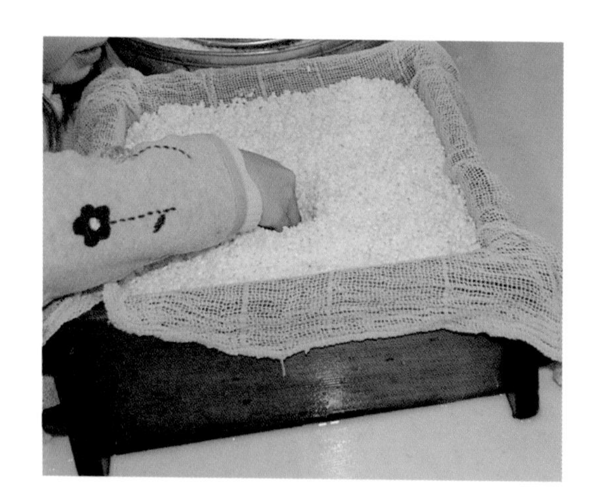

汝は書院吾は境内と分担しロボット・ルンバと親鸞忌の準備

葱きざむわが足つつきゐしルンバあきらめ居間の掃除にむかふ

体力の落ち来し吾らの勤勉な助つ人ルンバに声掛けねぎらふ

草と土のにほひする身を湯にほぐす親鸞忌の支度ととのひし夜を

昨夜（よべ）のうちにまた菩提樹の散り黄葉未明の境内を掃く親鸞忌

くぬぎ林と吾の年の瀬の攻防は今朝も大敗け落葉散乱

厚く積む落葉は球根を護(も)りゐむと年の瀬の仕事ひとつを省く

ゆでこぼす金時豆に差す水を「びつくり水」と姑(はは)は言ひたり

み仏に鏡餅搗くもあと幾年迷ひつつ蒸籠(せいろう)ふたつ買ひ足す

荘厳（しやうごん）を終へて憩へる庫裏の窓雪降りしきるつくづくふたり

睦月三日「獺祭（だつさい）」酌みて子規しのぶ文縁さはにあれかし今年は

坊守と吾を見分かぬ若き嫁の村に増えたり供へ餅配りゆく朝

ロマネスコの威容

祖霊への供華にと両腕に摘みためぬ畠埋め咲く大反魂草

託されし薬師仏は面輪を伏せませばやや右よりに紫陽花供へぬ

畑に生る異形の紫ひとつ呉れぬあるじはプルーンとその名教へて

道の駅に桑の実買ひぬ唇(くち)染めて食みし記憶の甘露還さむ

刃を入るる刹那音立て弾けたり音二郎・琴江夫婦の育てし甘藍

畑よりの帰りに呉れしおほ大根大地の命凝(こご)れる重さ

かの世よりガウディは設計図を送りしか野菜売り場にロマネスコの威容

北あかり・男爵さらにインカのめざめ馬鈴薯負ふ名の物語めく

若鮎の飴煮に嚙み当つる実山椒舌にひびくはわが庭に穫りき

みどりごの身体言語

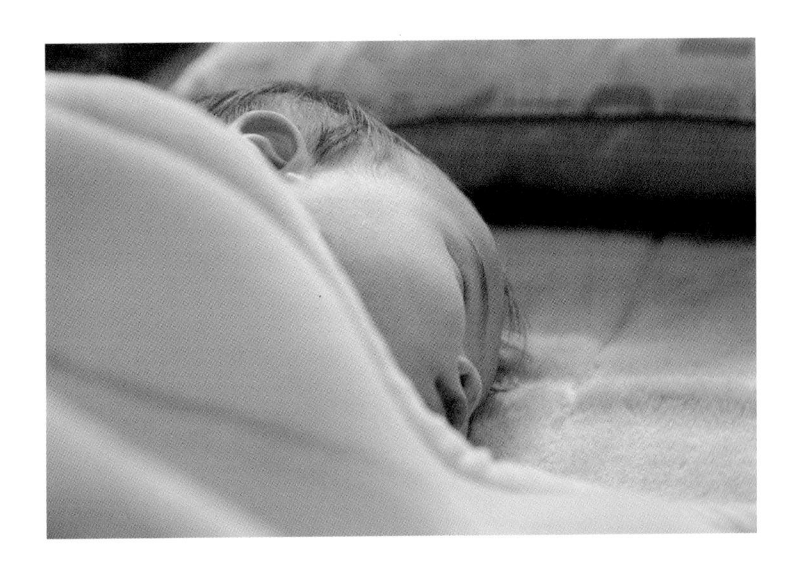

生るる即ち指しやぶり母の乳を飲む食ひ意地張る児よと吾ら囃しぬ

二日見ぬ間にみどりごの面差しの凛々しく成りぬと腕(かひな)に揺らす

鼓動聴く位置にやすらふみどりごかわが胸にまるまりやすけく眠る

胎の外の世界はかかる音と光みどりごは総身(そうみ)に感じゐる風情

身をかがめ児の頭(つむり)やはらかく掌に撫づる娘はやすやすと母になりゐて

腕の中に強く身反らすは否(いな)のしるしみどりごの身体言語わが読む

抱かれゐるを薄目に確かめ眠りゆくわが膝と腕に重きをゆだねて

三十日生くるみどりごはバンザイに足漕ぎ・声音は五種（いついろ）を得つ

わが家一の雄弁家なるは孫玄太今日は沐浴の熱きを怒る

呼び出しのアナウンスは「剱持玄太くん」みどりごはしかとこの世に位置占む

壊れやすきヒトよりみどりごに変りゆくを息ひそめ目守(まも)りぬこのひと月を

庭の木槿に孵りし雛もみどりごも去りて生命の祝祭終りぬ

活気づく車内

早朝の通勤電車は無音にて比良染まりゆくモルゲンロートに

隣席（となり）より不意に一番鶏の声響き車内活気づくこの着信音に

並走の電車追ひ越しゆくしばし逆走の錯覚とめどなく襲ふ

アタッシュケースを青年開くるや白檀の香に包まれぬ隣席の吾も

青と赤にこまごま書き込む楽譜開きそらに弾きをり隣席の少女は

電車待つ人らおほむね面伏すはスマホ繰るらし今宵は十六夜

満員の夕べのバスに沈黙のスマホ軍団吾を包囲す

チチチチとバッグの隅にスマホ呼ぶ気配消しゐる車内の吾を

わが肩にやはらかく触れて覚ましくれぬ終着駅に白人女性は

降車ボタンのなべてを薔薇色に点せるは吾なりしばしの支配は成りぬ

三四二の生家

古き写真に見覚えありし槇の木立ち標(しめ)となり吾を生家にみちびく

三四二生家を遺さむ村人の決意見ゆ小説『故山』のままなる木の門

玄関口に吊るす水桶に刻みゐる「龍吐水」の文字は今もきはやか

夫の麻痺の右手さすりつつ母君の経誦する声洩れくる錯覚

フォーラムに飾られし百合と向日葵の福分けもらひ三四二の町去る

三四二生家を訪ひし昨日は夢ならず賜びし百合の香居間に満ちゐて

橋寺にふたたびを見る三四二歌碑「宇治川」をななめに亀裂ふたすぢ

小米草(こごめくさ)の白花のなかの三四二歌碑「河越え賀称吉(かねき)」と文字銜ひなき

木曾人の裔

一枝伐れば腕一本切る権力の仕打ちに堪へ来し木曾人の裔

馬籠宿

斧伐りの掟は盗伐させぬためいかに聞きしか樵(きこ)るひびきを

狂ひ死にせし父の最期は子のペンにつぶさに遺るいかが言ふべき

藤村記念館

国学を識らざれば理想を追はざれば寧き一生なりけむ半蔵は

石垣に生ふるみせばや・雌（め）の万年草（まんねんぐさ）本陣跡に今も生き継ぐ

子方の義経

みづいろと薄茶の生絹（すずし）の山伏は交互に並び判官を護（も）る
　　能「安宅」

山伏の十人向きを変ふる刹那「すは一大事」と空気の緊まる

高く張る声に子方の義経謡ふ「現在に過去未来を知る」と

眠るがに坐る老後見のきつと見る延年の舞ひを始むるシテを

武蔵坊舞ふ間に判官一行の忽然と消ゆ揚幕揺れゐて

仏舎利を盗む足疾鬼(そくしつき)の執心は韋駄天に追はれいつもみのらず

能「舎利」

足疾鬼のごとき執念を無くせりとさびしむ吾を夜風が撫でゆく

真夜の連想

灰色にラッピングされそそりたつビルに不安のまた兆しくる

このごろの汝(な)はシニカルと喝破するごとき高鳴き秀(ほ)つ枝に鵙は

揺れまどふわが思ひはさながらヤジロベヱ齢(よはひ)か性(さが)か無難に寄りゆく

声嗄れて口数少なきひと月に裡なる言葉の泉も涸れ初む

ちぐはぐと気掛りつづくわが前に自販機は「当り」の青点滅す

つね過(あやま)たぬもの言ひすると夫を責むまことは怠る吾に焦れゐて

胸占むる凝(こご)る思ひに懈(た)るき身をミステリー小説の迷路に沈む

ターゲットにされて撃たるる時近し風荒ぶ真夜の連想はてなし

密度濃き夢より覚めぬまざまざと疎外されゐし感覚残りて

動悸して覚めし未明を古人まねび夢違（ゆめたがひ）観音いく度も念ず

縛られず縛らずと思ひ決めし今日菖蒲の穂先の藍色深まる

いつの時も衆に潜める安けさを選(え)りこしが吾と自分を鎮む

逸りゐし心冷めきて結論す吾に相応(ふさ)ふは独りの道と

鬱金(うこん)色撒く槻のかなたの空澄みてこころの水位上がりくる気配

笑顔浴のひと日

芽吹く銀杏に雨しぶく道を抱かれ来て身を揺りはしやぐわが乳呑み児は

差し掛けるビニール傘の円光をよろこぶ乳呑み児と上京の街行く

われら三人(みたり)を従へ玄太のベビーカー芙蓉咲く賀茂の岸辺を進む

黄落の大銀杏との対峙に負けたるか玄太の泣き声御苑(ぎよゐん)にひびきぬ

エレベーターに乗り来し媼ひと目見るや夫と玄太の似るを言挙ぐ

キナイキナイバアする吾まぢまぢと見詰めゐしがどつと泣き出すその母恋ひて

わが抱けば母は外出と乳呑み児に刷り込まれたるか抱くたび泣かれぬ

低き音に点りて進む掃除機ルンバ身を乗り出して玄太眼に追ふ

娘の留守を護りてをさな児と過ごしたる今日を笑顔浴のひと日と言はむ

白く輝る京都タワー見放くる六階に娘とみどりごの眠りの番人

闊歩する娘

待ち伏せのときめきかくや雑踏の街路に上背(うはぜい)ある娘をさがす

後姿(うしろで)は乳呑み児胸に抱くと見えずロングブーツに娘は闊歩する

「伸びられるだけ伸びてみよ」と贈られし短冊は娘のひと生照らさむ

弁理士のスキルみがかむと復帰する娘を後押しせむとこころ湧き立つ

歩む速度も姿勢も若さの戻る気配娘に頼られて気負へる日々に

沈黙せるナビ

邦子仕様に新しきパソコンを育てゆくデスクトップはかのコクリコの原

おづおづと入りゆくコンピューターの深き森また阻まれてどつと汗噴く

わが原稿を無線に受けてこきこきと吐くプリンターは律儀なるしもべ

切取りて貼り付けそこねし短歌数首さがしあぐねてパソコンを閉づ

パソコンの不具合問へば即返信あり既読スルー多きこのごろの娘

足の形つぶさにコンピューターは調べ上ぐわが歩き癖も父似の拇指(ぼし)も

*

リセットを忘れしカーナビいま発ちしわが家への道を止まず呼び掛く

電話番号カーナビに入るるや直結す鈴鹿嶺のむかう柩（ひつぎ）の叔母に

追突はからくも免る魔物棲むスポットと昨日戯（ざ）れしはこの辻

「道なりです」と言ひしのち沈黙せるナビを揶揄し鼓舞してドライブ続く

ナビと吾の目指すは違ひぬ県境越えて海沿ひの古寺にみちびく

月に明るむ浮御堂

待ちわびし十六夜月の一閃のあかがね色に両手をひろぐ

東岸に上れる月は西岸の吾まで湖面に白道を付く

鈍色（にびいろ）に淡海照れる十六夜に芭蕉も来しかこの浮御堂に

ひと気なく月に明るむ浮御堂「ここにもひとり」と吾も名乗らむ

「鎖（じやう）あけて月さし入れよ」と吾も誦すこの千体仏に月光浴びせよ

湖の辺の座敷に静かな宴あり今宵の主客は旅人芭蕉か

*

袋小路の奥が芭蕉庵と指すあたり夕靄つつむ後姿（うしろで）のまぼろし

人も車も絶ゆる深川に吾独りタイムスリップして芭蕉翁訪はむ

二軀の維摩像

秋晴れの今朝勇み立つ夫に随く佐保路の維摩(ゆいま)像二軀に逢はむと

金色に染めたる鹿角のペンダント揺らせて今日は飛火野の王女(おほきみ)

古き伝へのままに御堂の右左ま向ふ維摩と文殊静けし

法華寺

「雷（らい）のごとき沈黙」続け坐す維摩恋ひ来し夫はながく真向ふ

法華寺は壮年・老いしは興福寺　維摩に過ぎし重き歳月

長き右手（めて）の二指もて天衣をつまむ像うつつに光明子を仰ぐ思ひす

光背は蓮（はちす）のつぼみ・捲き葉・広葉この簡明の洗練を愛す

めぐりゆく御堂の床のきしむ時観音の光背も敏く揺らぎぬ

海龍王寺

御堂の西の大けやき紅葉(もみぢ)して荘厳(しやうごん)す荒廃しるき海龍王寺を

鳳凰堂の傍(へ)の阜(をか)の胎内に移展され雲上天女おほどかに舞ふ

平等院

朱の御衣(みけし)まとふ高麗(こま)よりの赤如来はつか右足踏み出しいざなふ

正法寺

隠元禅師持ち来しと由来の低き札香椿（ちゃんちん）はさみどりの若葉いきほふ

万福寺

大楠にをぐらき石清水の参道行く先達はかの仁和寺のある法師

石清水八幡宮

カメラは捉ふ

地下の魔王時機到来とベル押ししか紅葉の御嶽噴火の無惨

犠牲（いけにへ）は二人のいづれかと値踏みされ生き延びし後藤健二の静止の映像

時間切れと人質殺ししニュース入るなだらかに今日が明日になる瞬間（とき）

処刑宣告くだされし後か憔悴の人の凝視をカメラは捉ふ

安保法に御名御璽（ぎょめいぎょじ）記すは挫折ならむ慰霊ひとすぢの一生は成らず

市バスに会ふ白人女性は猫耳帽子（プシューハット）反トランプの意思を示すか

負けて銀勝ちて銅となるアスリートの皮肉を五輪の映像に見つ

バンザイのポーズ

去年（こぞ）の今日はまだ羊水に揺られゐしに四肢伸ばしバンザイのポーズに眠る

寝返りて部屋めぐる楽しさに加はるは身のめぐり舐めて世界識ること

うなづくとかぶり振るしかと使ひ分け幼は意のまま吾を支配す

身を乗り出しすでに心は母の胸に飛び込みゐる児をからくも抱き留む

祖母われの位置取りはここ抱かれゐる玄太のかたへ手をつなぐところ

二足歩行は自立の証し握る手を振りほどき落葉のまろぶを追ひゆく

娘の家への抜け路にいつも会へる鳩汝(な)はわが幼に随かれし日ありや

この三日会ひ継げばやすやすと笑みこぼす記憶に吾を彫り初めたるか

降りしきる雪にけむれる上京の一隅にいま幼は熟睡（うまい）か

幼子と仰ぎし月は菜の花色別れし車窓に見るは透く月

届きたる写メールは玄太のクローズアップ心ゆくまで和顔施（わげんせ）浴びむ

みづいろのドロップ

あかつきのしじまにかすか銀の鎖触るるがに鳴くあれは何鳥

朝の紅茶にかすかオレンジの香に立つを利き分くるまで疲れ癒えたり

かの豪奢の面影いづこ胡蝶蘭散りてトレーシングペーパーの手触はり

缶振りて出づるドロップにわが成否占はむとす今朝はみづいろ

卓上の牡丹一瞬揺らげるは沈黙（しじま）に堪へず洩らす吐息か

気配してふりむけば机上に暈(かさ)なして薄緋散りぼふ牡丹終焉(をはり)ぬ

母の日に届きし薔薇の名「マリア・カラス」秀先(ほさき)にまつたき緋色の一花

午睡より覚めれば花冠のおほよそは紅に染まりて酔芙蓉しづか

読み解けぬ詩句

幻聴かと耳澄ますしばしにまた三声(みこゑ)電子辞書に鳴かせ杜鵑(ほととぎす)と識る

Amazonにて買ひたる安立スハル歌集残るメモ消してわが物となる

行きつ戻りつ読めば湧くイメージ音楽を言葉に変ふる小説のくだりに

濁音か半濁音か見分け得ずルーペに確かむ「パッヘルベル」を

大胆なるくづし字今日も読みなづむ久松真一の扁額「自足」

パソコンに打ちゆけば三四二の工夫見ゆ予想とたがふ動詞いできて

君賜びし『色の辞典』にてこの秋を詠はむ楓(ふう)は朱華(はねず)と潤朱(うるみしゅ)

わが思考の範囲狭まり今日もまた『秋天瑠璃』の縒れし頁繰る

読み解けぬ詩句あるに心残しつつ斎藤史(ふみ)の歌集閉づ明日を恃まむ

二年ぶりに借り出す馬場あき子の『能芸論』消し忘れのわがメモ幾人見しや

黒髪の馬場あき子口調なめらかに連句の恋の座鮮やかに決む

小野市短歌フォーラム

萌黄の新芽

アスファルトの亀裂にママコノシリヌグヒ今年も三角の萌黄（もえぎ）の新芽

青き珠実摘まむとして指刺されたり満身の棘これぞ継子の尻拭ひ

縞蛇の消えゆきしあたりのみ残し色こぼしつつ反魂草摘む

うなかぶす向日葵の花芯みつしりと実を抱き温ししばし触れゐつ

道の辺に見出で図鑑に繰りゆけば付箋残れり仙人草の頁に

畦に摘みし穂草は風草・力芝・雌日芝(めひしば)・雄菜揉(をなもみ)その名楽しき

夫の手にすがり斜面（なだり）を登りきて手折れる収穫は吾亦紅二本（ふたもと）

茎の先なべてに葡萄色（えびいろ）の乾く花吾亦紅はおのれをつらぬく風情

溝またぎ夫摘みくれし金水引（みづひき）草小花こぼさじと歩みゆるめぬ

溝蕎麦の花あふるる斜面（なだり）はふたところ此処（ここ）は淡紅色（ときいろ）濃くて小さき

藤袴の毒吸ひ蓄へ捕食のがるるアサギマダラの種の知恵畏る

摘みそこねし美男蔓の紅玉を今日こそはとポシェットに花鋏しのばす

碩学の声

九十歳の碩学の講演声低く「即非の論理」にまた戻り来る

米国の若き研究者問ふにぴしり答へますおのが思索にて究めよと

施設にいます師に持ちゆきしマカロンを喜びまししが終（つひ）の逢ひなり

自（し）が撮りし写真にマカロンの黄・赤・青供へて夫の上田閑照忌

電話口に「実存的だ」とわが歌集言ひくだされし師に迫る失明

胸を刺し深処(ふかど)に沈みぬ老いし師の「死ぬるはつくづく難し」のひと言

鐘吊らぬ寺

六十年振りに誕生仏に甘茶灌ぐ道成寺は今日灌仏会（くわんぶつゑ）にて

草履脱げ裾はだけつひに腿さらす清姫追走の必死まざまざ

道成寺絵巻

なめらかな僧の口説きに絵は巻かれ今し安珍の焼かれしむくろ

執深き清姫の絵巻を伝ふれば鐘吊らぬ寺に桜咲き満つ

枝垂れ桜の天蓋なせる下に立ち乱るる前の清姫しのぶ

＊

気を裂きて大鼓響けば白拍子身じろぎ怨嗟のうなり洩らしぬ

能「道成寺」

深層の情念マグマと噴く刹那シテ飛び込みぬ落ちくる鐘に

はつか浮き揺れると見えしに鎮まれる鐘になまなまと蛇身の気配

高らかな声明に調伏されて去る蛇身その従順をわれは口惜しむ

み仏に逢ふ

故郷印度の苦き記憶をたどれるか世親像眉しかめ遠きまなざし

興福寺北円堂

脇侍の務め解かれし今日の月光菩薩領巾(ひれ)そよがせてくつろぐ風情

白鳳展

人の目の届かぬ天蓋にうらうらと横笛吹き澄ます天女がひとり

拳(こぶし)大の童子の頭の塑像片釈迦の死嘆き泣きつづけ二千余年か

雪野寺遺跡

童らの川遊びの相手の円空仏総身(そうみ)まどかになりて笑みます

ほの白きは涙拭く布か比丘尼ふたり剝落しるき涅槃図の右に

「仏陀のお弟子さん」展

慟哭の阿難を叱る兄弟子の阿那律こらへしのぶが出家者と

涅槃図の仏弟子の逸話に思ひ出づ弟子らの思惑うづまける『枯野抄』

II

キリンさんのTシャツ

やすやすと二指もてつまみし黄の蝶の紙のごときを幼の掌に載す

しやがみこみ幼と見てゐる細き足に水面(みなも)皺だて進むあめんぼ

小動物のごと幼全身にて耳すますしばし後救急車の音の近づく

シャベルカーの作業現場へと握る掌は二歳の意志をしかと伝へ来

縁日の画家ひとすぢの朱線足せば幼リクエストせる救急車現る

眼に追ひつつ幼いく度も繰り返す「ヘッコッター」は御所旋回す

「キリンさんのTシャツでなきや」と退かぬ二歳娘の性をしかと継ぎゐる

風神のごとく廊下を走り抜けミニチュアカー五十余の色ばらまきぬ

不意に二歳に「キラヒ」と言はれたぢろぐ娘そのボキャブラリーにいつ入りたるか

帰り来し母と児しとど濡れそぼち驟雨ありしと気づく六階

縁日に金魚六匹掬ひくれし爺(ぢいぢ)はヒーローしかと掌つなぐ

あぐらの中に坐らせ読みやる『泣いた赤鬼』幼はいまだその傷み知らず

漆黒のジャガー

「さびしいからおいで」の言葉に誘(おび)かれて雪舞ふキリンの檻へと急ぐ

なにゆゑにかかる晴朗ゆつたりと歩む麒麟(ジラフ)は地の喧噪の外

眠りつづく老ライオンの一瞬の身じろぎ目ざとくわが幼言ふ

孤高なる忍び思はせ音もなくジャガーの漆黒いま頭上の檻に

ひと玉の白菜ついばむほろほろ鳥黒地に白の斑伸び縮みせり

きりんもゴリラも一顧だにせず動物園のスタンプラリーに今日は熱中

木端微塵のリヤドロ

百日紅もう剪ると植木屋まだと夫この攻防も三たび目となる

公衆電話の在り処問ふ夫ねんごろに応ふる駐在さんどこか可笑しき

居間より廊下さらには庭に出てつひに夫は鉦叩きの声聞き得たり

異星人の会話聞きゐし四時間とスマホ契約のわが傍（へ）に夫は

〝アレ〟多き吾の会話を揶揄する夫その指示内容を言へと反撃

木端微塵のリヤドロ夫はいくたびも詫ぶれど許せず二十年愛で来ぬ

償ひに新たなリヤドロ贈ると言ふ夫よグラナダ訪ひし日の記念(かたみ)ぞ

外灯の照らす坂道をただよふごとくだり来る夫の独り舞台めく

安曇野は今宵冷えゐむカーディガン持たず発ちたる夫を案じぬ

待ちぼうけの身に容赦なき青嵐いま夫の意識野に吾は不在か

＊

踏み台より夫転落する一部始終スローモーションのごと術なく目守る

救急車のサイレンに道の開かれて不意に見知らぬ町と成りたり

オセロの黒白(こくびゃく)一挙に変はるも覚悟せむ救急車に夫の手を握りしむ

幼児期より潜むウィルスかその老いにつけこみ夫のヘルペス猛る

ヘルペスの痛みにふさぐ夫に贈るくるぶしに薔薇の刺繍のソックス

集合写真の夫あえかに写るが胸を衝く盾にならむと気負へどさびし

気がかりな二人

「憶えてますか」声掛け近づく顔・顔・顔　記憶の底は揺らぎ覚め初む

「気がかりな二人と言はれしひとりです」背（せな）よりの屈託なき声に振りむく

たちまちにフルネーム出でくる大柄の手古摺りし生徒はすでに亡き人

日本国籍得る日を待つと言ひし汝(な)の温顔還らず逝きて十年

五十年ぶりに摺り合はす追憶にはらり明るむいさかひの理由(わけ)

関東後家

栈敷窓（さじきまど）より見る雛飾りのかたへには友の継ぎこし小紋着る人形

近江日野

商人館に掲ぐる吾がエッセイの「関東後家」通ひて録りしかの日の聞き書き

新任の嘆き聞きくれし下宿の小母さんも関東後家なり灯明捧げぬ

家苞（いへづと）に温きおでんと日野菜漬け持たせくださる娘のごと甘えむ

ぼたぼたの人情に今日は溺れたり見送る友におほきく手を振る

玉川上水辺の道

三宅奈緒子先生死去（二〇一六年九月十八日）

君病めば迫りて欲しき爺婆（ぢぢばば）に赫姫（かぐや）の遺しし不死の薬を

自然態に安らふ病室の君を見て高層ビル靄にかすむ街去る

あの手術無くばと詮無きこと思ふ主にゆだねむと歌はひびけど

嵩（かさ）ひくき君のみ骨を斂めたる日よりかの街は異郷となりぬ

杖つける君の歩みの逸れゆくに悲しみ添ひし玉川上水辺の道

眠りませと勧むれど吾との時惜しむと新幹線に語りましたり

今がいちばん倖せと言はしし時頒かたれ短歌（うた）を人生を語らひし日よ

友ひとり漕ぐタンデムに君乗りて安曇野駆けしと聞くは和まし

「八月の鯨」のリリアン・ギッシュは九十歳おのが身重ね君詠みましき

*

君の短歌(うた)に若き日の吾が残りをり比叡の宿坊に気負ひ語りて

君が初めて採りくれし歌に光見き迷へば読み返すわが原点と

昔をいまになして慰む忌明の夜写真の真中に君おだやかに笑む

わが短歌（うた）に欠くる何かをまだ聞いてをらずと嘆く遺影の君に

君の歌に読みしより標（しるべ）とわがなしぬ芭蕉の言葉「昨日の吾に倦く」

たはやすく任せくれよとわが言ひしかの日の言葉に縛られゆかむ

君が点し呉れたる炎を護りゆかむ立志は忌日の今日また新た

仮面ライダー伺候す

保育所のドア開くればどつと走り寄り口々に言ふ玄ちやんのばあばと

園庭よりバス停に至る団子虫の旅の夢かなひぬ幼の掌の中

握る掌をほどきて三歳は青信号に浮かぶ歩行者のポーズをまねぶ

十余りの恐竜フィギュアつぎつぎに手に取り名を言ふこの記憶力はや

独り遊びの幼零せる言の葉に娘は耳敏し「ティラノサウルスがゐない」と

「仮面ライダー！」と幼呼ばへばスマホ画面にヒーロー七人たちまち伺候す

声掛くるな幼いま満身に力込め仮面ライダーに変身途上

握手求めるファン演らされ三歳の仮面ライダーに頭撫でらる

ふつと点りつつと流るるほうたるが戦隊銃構ふる幼の標的

いろ紙に幼の折りし雨雫二十余窓に吊り梅雨まつただなか

窓を打つ雨見つつ雪降ると言ひ張る子サンタがプレゼント持ち来るは雪の日

折り紙も絵本も利かず母を恋ふ午後七時婆（ばあば）の魔法は解けて

遊びほうけ喋りつくしてどつと眠る幼は生命（いのち）のチャージの最中

別れの儀式忘れて下りしエレベーターまた上らせてハイタッチしぬ

かしこまり電話に応対せる身振りまねる三歳にありありと吾

われら二人の九条論議に躊躇なく断下す三歳「ぢいぢが合つてる」と

三日間共に暮らして知る変貌三歳は小便小僧の像めき用足す

戻り橋の辺

照り返す四条通りに職人ら縄目ととのへ函谷鉾組む

暗き路地の奥にかすかな鉦と笛ゆきゆけば光と音満つる月鉾

胴懸けに垂るる十すぢの鉦の房高まる囃子に横揺れ増し来ぬ

土砂降りの闇のひとところほの赤くにじむは大文字燃え初めたるか

大の字の右のはらひも点り終へわが悼む君のみ霊（たま）を送る

建礼門の前埋めし群集もすでにまばら大の火の色細りゆく時

＊

浅瀬の石ひとつに一羽と約せるかユリカモメなべて陽に向き静けし

ユリカモメの朱の足可憐と和み来て団栗橋渡り木屋町に入る

風もなき都大路に大公孫樹の滂沱と黄を撒く嘆き捨つるごと

禁撮影の一枚スマホに秘め持つを境内の大公孫樹看破してゐむ

愛宕山に没りなづむ夕陽に連想す招きもどさむとせし清盛を

涅槃図の構想求めてさまよひし等伯かこの戻り橋の辺(へ)

長谷川等伯

戻り橋の銀杏黄葉(もみぢ)はみなさやぐ今宵黄泉より還る霊あらむか

凡兆と羽紅が芭蕉と歌仙巻きし小川椹木（さはらぎ）町か去りがたく佇つ

京町家にひさぐ干菓子の名は「下萌え」　浅葱（あさぎ）色・淡紅（とき）色（いろ）・白は薄氷（うすらひ）

雪に鎮もる洛中俯瞰の蕪村の画　灯の淡黄は人恋ふるこころ

琵琶湖六郎

積雲の大男口を尖らせて吹けばうねぐもひとすぢ茜す

ウォーキング途次の観天望気は的中す急げど大夕立にしとど打たれぬ

夕映えて送電線いま金粉をまぶせる五線譜に変じて光る

夕焼けを映せる畦の水たまり双眼光る魔女めきてあやふし

棚田より吹き上ぐる風に身は冷えつつ置いてけぼりに月の出を待つ

雪の比良と比叡に囲まれ湖の上に横たふ琵琶湖六郎茜す

比叡颪に生（あ）れし今宵の琵琶湖六郎まさしく丹波太郎の末弟

きはやかに地球は月に翳落とし手を振れば影が見えむと夫は

魔女の一撃

喜寿の夫祝ふ杯かかぐる腕痛む身体の不如意また一つ増えて

首の牽引受くれば二の腕の痛み退くこの単純の肉体畏れぬ

炎熱の舗道よぎりし一閃は燕の影か眼底(まなそこ)の瑕(きず)か

傷む膝かばひてゆるく歩む夕べ踏むマンホール蓋は青花(あをばな)のデザイン

紺地に蝶か否(いな)白地に銀杏舞ひゐるか浴衣の柄に錯視のつづく

前後ろ違へ履きたるスパッツを敏(さと)く感知する人体の巧緻

「魔女の一撃」に萎ゆる心身のくまぐまをほとぶるまでぬるき湯に沈めつ

深海の砂地に擬態し獲物待つ鮟鱇のポーズをまね眠り待つ

一身田専修寺

待ち下さると聞きしばかりに動悸するこの気後れは幾年ぶりぞ

喧噪の茶房に細く通る声「短歌は生を写すが大事」と

先立ちます黒衣の裾の風になびき逐はれし親鸞かくやと偲ぶ

聞き慣れし和讃の原本を今し見る親鸞の筆致のはねのするどき

流罪に触れしくだりの一字にじめるは落涙乾くを待ち得ず書きしか

代を重ねし門跡の墓は祖師かこみ方形の台座に名を刻むのみ

命賭して親鸞の遺墨を護りしといふ上人の墓も等しき高さ

祖師かこみ十余の霊の鎮まれる廟所に友の尺八ひびく

地獄極楽図

火車を引く獄卒大股に駆けゆく図ターゲットすでに定めゐるらし

命終を知りて虚空に海中にと遁るる婆羅門逃げおほせしや

亡者の血・燃ゆる炎としるき朱の満つる地獄絵に目眩(めまひ)の襲ふ

地獄絵の室より来迎図に移りゆく窓の外のどけき神の鹿数頭

急勾配に雲の傾き靡く図を「早来迎(はや)」と名付け崇めぬ

迎ふと還るの二態を描く来迎図還りは蓮台にしかと死者乗す

『臨床教育学三十年』

未踏の領域拓く自負もち三十年独りひたすら夫励みきぬ

過去の業績捨てて原野に据ゑられし夫の覚悟と苦闘吾(あ)も知る

書きなづむ論稿いくたび嘆きしか夕べの二人の棚田の歩みに

三十年書き継ぎし論文の校正に疲るる夫に両眼(ハズキ)ルーペ贈りぬ

若き日の自(し)が論文の熱情と自負を夫言ふ校正(ゲラ)閲(けみ)しつつ

贈りくれし『三十年』の見返しに筆太に「二人同行有り難う」とあり

店頭に平積みと聞く夫の著書見に行かむ繭色の厚き重なり

「必読の大著」と昂ぶり書ききたる夫への手紙繰りかへし読む

居心地悪き助詞と思ひつつ読みつぐにいつしか夫の文体に馴る

教育の「底荷（バラスト）」を語る夫の論　三四二も短歌を「底荷」と言ひき

短歌（うた）は点・論文は線にて築きゆくと吾らの思考回路の差異見ゆ

祖父の書幅

読みなづむ祖父の書幅を指にたどり読み解きくれぬ書を学ぶ姪は

草書体の唯よ天よと嵌めゆけば見えきぬ七言絶句が子を思ふ心が

留学の子の学成るを祈る書幅　脱字三字の添へ書き親し

百年を隔てつひに識る祖父のこころみじろぎもせず夫は見入りぬ

曾祖父の特許出願書見つけたり弁理士の娘の助力間に合はず

穏しき声

小谷稔先生死去（二〇一八年十月十八日）

君の葬りの今日は日本晴れ「よかつたね」と穏しき声の聞こゆる思ひ

この眠りが永遠の眠りに続くとはゆめ思はずと言ひたげなる面差し

贈られし短冊の短歌(うた)「永遠なる黙」逝きまししゆふべ繰り返し誦(ず)す

君の歌を評せし吾にくださりし葉書「よき評者を得たる幸せ」

君の歌評恃みてほしいままなる歌提出(だ)しきたまひし添削が吾への形見

わが短歌を受け入れ深くそのこころ汲みくだされきこの十五年

議論の行方読めず司会をする吾のかたへに頼まむ先生いまさず

かの世にて君嘉しますや慨きますや万葉由来と誇示せる令和を

球根の上下確かめ貝母埋む師はこのひそやかな花愛でましき

先生を偲ぶよすがの貝母育たずかたへにしいんと一人静咲く

その裔の無ければばと合祀を選びましし師の墓に今日はすすき・竜胆

君懐かしむ

住所録に書き添ふる〈没〉の増えゆけど削り得ずわが生（よ）の縁（えにし）の証し

引出しの底に見出でし短歌（うた）日誌薄き鉛筆書きは亡き師の添削

山田平一郎先生

「舌頭千転」の先生の教へ思ひ出づ結句の着地に迷ふ今宵は

宮地伸一先生

中座する吾を追ひかけ欠詠すなと言はしし先生嵯峨野のかの夜

居心地悪きパーティ脱けて来しロビーに清水氏いましき吾を待つがに

清水房雄氏

差出せるわが歌集の見返しに自が卒寿詠ひし短歌(うた)書きくださりき

わが歌集の見開きに遺る靭き筆跡「〈長寿多辱〉とは何事ぞ」と詠ひて

逝きまししは雛の日漢文と剣道の古武士めくひと生(よ)にはかに華やぐ

「北国のイモより薯(いも)を」と温かな文添へキタアカリの大函届きぬ

笹原登喜雄氏

キタアカリ蒸かして病室の娘と食べき君の賜もの大地の生命を

歌断ちて娘の平癒祈るといふ吾を励ましくれき短歌(うた)こそが力と

己(し)が命の際は祇園会と遺る葉書組み建つる鉾を仰ぎかなしむ

中村誠輝先生

葉書の文字確かなりしに待ちわびし祇園囃子も聞かず逝きましぬ

「チベットの鈴に誘はれて」と師の辞世　中有(ちゅうう)のみ霊に届けと鳴らしぬ

白牡丹といふといへども紅ほのか　虚子

「紅ほのか」ならざる人よと吾を嗤ひし君懐かしむ白牡丹咲けば

尾崎武夫先生

わが恋ふる人知るとからかひて君言ひき狼狽へ聞けばその名は三四二

内藤昇氏

狩衣の箔

東本願寺の能舞台に今宵観る「融(とほる)」この地は六条河原院跡

能「融」

能楽堂の真上に延びゆく航跡雲かの道たどり融降り来よ

身をかしげ白州に下ろす汐汲み桶月影映るかシテの所作静止す

汲み上げし担桶（たご）の重さにたまゆらをシテ足乱すこの写実良し

融ぎみよこころゆくまで月に舞へ今宵は仲秋ここは汝が邸

「月もはや影かたぶく」と惜しみつつ去りゆく狩衣の箔きらめきぬ

*

閉ざされし枳殻邸の門前たゆたへる綿虫はかの融君の化身か

源融の旧邸と伝ふ

たうたうたらり

翁謡ふたうたうたらり初詣でのざわめきの上を厳(いつか)しく流る
多賀大社翁始式

観衆より幼歩み出で奉納の翁の舞ひをまじまじ見上ぐ

振る鈴の音色高めよ黒色尉雪（こくしきじょう）に身の芯凍ゆる吾がため

門前に糸切り餅蒸すもうもうとあまく噴く湯気息ふかく吸ふ

大社への雪消の道にまたひとり媼まろびぬ神よ加護せよ

かがやき通り

低く響（な）りうごめくブルドーザーの恐竜めき櫟林を薙ぎ倒しゆく

つつかへ啼くをさな鶯を可笑しみし前山あへなく拓かれ失せぬ

墾道（はりみち）の「かがやき通り」の栄枯盛衰回転すし屋はジムに変れり

「菓子のユニクロ」謳へる店に今日も行く帰途は河津桜咲く天井川の土手

コンビニ脇のポスト信置けぬと思ひ決め遠回りして詫び状投函

栗名月見むと上りし歩道橋の足下（そくか）を車列の光流るる

釣瓶落しに暮れゆく町にスーパーは光溢るる方形の不夜城

亥の子餅

路線バス「伊勢落(いせおち)」行きの乗客の今日は東海道中に旅立つ気分

信楽はなぜか方位感の狂ふ町植木鉢屋を目指せど着けず

八十八夜の朝宮新茶と老店主淹れくれれぬ前山に藤咲き盛りて

大杉を巻き締めて咲く藤見れば「紀は藤に巻かれて死ぬ」といふ政争ありき

間口狭き和菓子屋にゆくりなき亥の子餅父より継ぐと若き二代目

寒き夜の焙じ茶に相応ふ亥の子餅焼き鏝三本のうり坊愛でぬ

光君が紫の上に亥の子餅差し上げるくだり読みつつ和む

レンブラントの「老女」

迫る死に無援の運命(さだめ)とあきらめてレンブラントの「老女」眼を伏す

この「老女」に逢ひしは二十年前のアムステルダム寂しき面輪に去りがたかりき

自民大敗の朝刊よろこび買ひし日のフィレンツェのホテルいまも記憶す

フィレンツェに購(か)ひし紺格子の革財布手擦れ目立つをまだ執し持つ

ナポリに買ひし野菜石鹼つひに尽き旅心湧くかのピエタに会ひたし

をさなきイエスにかかる日ありしや大工仕事のヨセフ手伝ふ少年を描く

板塀をめぐらすユダヤ居住区を脱け出す夢か恋人飛翔す

シャガール展

ヴァイオリン弾く右手と顔は緑色ユダヤの運命(さだめ)を負ふ決意と見ゆ

ジャコメッティの男

サルトルに読みて焦がれしジャコメッティの「歩く男」にいま真向かへり

寸に満たぬ針金のごときブロンズ像薄れゆく記憶の女の具象(かたち)と

今見ゆるフォルム描き留むと新聞の余白に線描重ねし肖像(デッサン)

タブローのプロフィールの描線は錯綜す顔の中心の鼻描きなづみて

見るままを表す苦闘の痕とどめ線描重ねし眼差し鋭き

ジャコメッティ展めぐりて思ふ実存的写実主義こそ吾が歩む道と

園に飼ふ繭

すべり台・シーソー・ふらここと短パンに駆けめぐる幼は春の申し子

十日ぶりに目守る幼はふらここをみづから揺り出づる術会得せり

五線譜を手にたどたどとわが歌へば幼ほがらにリズム取り和す

一人称「ぼく」使ひそめし四歳は不意に思慮ある少年めきぬ

園に飼ふ繭は黄色に白きヴェールまとひ初めぬと幼と見飽かず

繭を作り食べず飛ばずに死ぬ蚕を虫の家畜化と聞きて黙しぬ

四歳の仮面ライダー愛なほ熱（ほめ）き男雛のかがやく太刀を羨しむ

スマホ動画くりかへし見れど折りなづむ幼のせがむ折り紙手裏剣

手に把れど買へとは言はぬ四歳のけなげ作戦に吾は落ちたり

変身ベルト得るまでの幼の起承転結ばあばは与し易しと看破す

流星群見し日

第一声つまづくごときうぐひすと可笑しがる娘はいま小安の時

かく浅き鎮守の森かと娘は眺む春祭りの露店に刀をせがみき

咲きほこる白牡丹の辺に問はず語りの語らひをせむひさびさに娘と

シャッターを押し継ぐ娘逆光に照りつつ散りゆく櫟（くぬぎ）の花を

頭上おほふ白き穂花は沢ふたぎと検索終へて谷に降りゆく

孤高の人思はせすつくとまむし草行きゆけば族(うから)めきむきむきに咲く

ふるさとの夜空は広くカシオペアを標(しるべ)にデネブも易く見付けぬ

夜明けまぢかの縁側に女三世代流星群見しと思ふ日あらむか

写メールに問ひしは風蝶草と娘に応へ風知草の写真も添へぬ

いますぐに告げたきことを留守電に阻まれて秋明菊の花殻を摘む

核心に触るるを避けてこの三月（みつき）夢に会ふ汝（な）の語尾聞き洩らす

われの誤解糺して〈笑〉の付くＬＩＮＥ声ともなはぬ会話になごむ

こころゆくまで娘を独り占めして足る夕べ頰かすめ舞ふ雪あたたかし

システム精緻

タッチパネルに注文したる大間まぐろたちまちぴたりとシステム精緻

ポテトチップ・シャリ半分に葛餅と巡り来る幼と吾の注文のままに

ロボット社会の典型はこの回転寿司取りそこね時代に後るる思ひ

アウトレットに吾のつましき買物は木綿の帽子・たち吉の飯碗

スニーカーに付きゐしラベルを写メールに示せば壁なす中より選(よ)り呉る

注文はQRコード読みスマホにてといふレストランに肩身の狭し

電池入れ替へ支離滅裂の電波時計しばしのち揺らぎなき時刻み初む

電波時計日本を統べていま同じ時を刻むと思へば苦し

むら濃の朱の花

かげりゐる心が呼びしか空暗み不意に雷雨は白牡丹打つ

牡丹花に恍惚とゐしはなむぐり今宵かなぶんと化し灯を恋ひて舞ふ

迷ひ入り狂ほしく飛ぶかなぶんをやはらかく打ち夜の庭に放つ

殖ゆるなく絶えもせず春には仏炎苞掲ぐる庭のまむし草いちづ

蝸牛（まひまひ）の殻にはかなしみ詰まれると読めば紫陽花の葉裏をさがす

痛む膝かばひて帰る夜の道ひとところ半夏生の白暮れのこる

穂孕める稲田をななめに一条の翡翠（かはせみ）色はオニヤンマならむ

睡蓮の甕に悪鬼のごと踊る孑孑（ぼうふら）遣らへと白めだか放つ

葉も茎も漢字もなべて棘持てる薊のかかる孤絶清しむ

ぬばたまの粍(ミリ)ほどの実は育ちきてむら濃(ご)の朱(あけ)の花をひらきぬ

うなかぶす向日葵の花芯みつしりと種抱き温ししばし触れゐつ

ああと吐息を聞きし錯覚に振り返り見れば緋鯉の水面割り跳(は)ぬ

Ⅲ

棒尖のタンバリン

園庭にダマ状にゐる幼らのひと欠片（かけら）剝がれて玄太駆けくる

ちぢばばがお迎へに来る四時が好き園の時計学習に玄太のチョイス

バスの窓に見るバンは百合をあまた積むばあばの誕生日にあげると幼は

グランドのま中に立てる丈余の竹　挑戦者玄太を息詰め目守る

運動会

ねんごろに足裏(あうら)の砂を手に払ひ上り棒に取りつくその面輪無心

上りつめ棒尖（さき）のタンバリン叩く刹那動画揺れ揺る親心映して

＊

「い」と「こ」違へ「し」と「つ」に迷ふ幼五歳撒き広げたるカルタを前に

姫に殿・壇付き・蝉丸の役覚え五歳に百人一首沁みゆく

坊主めくり終るまでに五度(ごたび)泣きし幼負けの痛みをかはす術無し

不在の母を相手に独りの坊主めくり負けて玄太は声挙げ泣きぬ

ババ抜きのジョーカーはばあばにいつも来る五歳の計略にまんまと嵌りて

じゃんけんに負けるが今は有利と読む五歳の才覚われを凌駕す

七十余年経てどもわが手の記憶せる綾取りのはしごを幼に教ふ

ゆりの木の花

光増す月への供華か大辛夷は紡錘形なししろじろ咲き満つ

旺んなる繁茂力今は手に負へず愛でこし木香薔薇の白も黄も伐る

うすみどりの唐招魂（たうをがたま）一花の甘き香にこころ蕩けぬ憂ひも溶けぬ

をがたまは魂（たま）招くといふめくるめく香りの呼ぶは誰が魂魄か

唐招魂の花霊は脱けて故郷に還りしか卓に香り失せをり

そばだちてむらさきけぶるがふさふ樗いま栗の木下に枝かしげ咲く

鳥影に目蔭（まかげ）して仰ぐゆりの木はうすみどりの花ここにかしこに

夫の肩にスマホ乗せ撮る風に揺るる浅葱（あさぎ）色に朱の差すゆりの木の花

剝がれ落ちし百日紅(ひゃくじつこう)の樹皮の中魔女の仮面めくひとつを拾ふ

罅入れる信楽の甕を裏庭に据ゑたりアララギひともと植ゑむ

家仕舞ひ

壁埋める天井までの蔵書なべて梱包続くる夫目守るのみ

家仕舞ひを怒濤のごとくこなす夫止まれば決意の潰ゆを恐るか

過去は捨つと処分を決めし和辻(わつじ)哲郎全集面映ゆげに夫選り出だす

書き溜めし草稿やすやすと夫の捨つ臨床教育学の礎となりし稿を

若き夫が書き溜めしキェルケゴールの稿一箱古紙回収にと吾に託しぬ

夫の通知簿は姑の文箱に娘らの図画・作文はわが衣装箱に残れり

若き吾らの交せし手紙百余通その処遇いまだ決めなづみゐる

整理簞笥・洋服簞笥・和簞笥と空(から)にす　捨つ・売る・活かすに分けて

嫁ぐ折に母誂へくれし和服幾枚をわがをとめ選る街着にせむと

思ひ入れあらむ衣類を独断に処分しぬコロナ禍に娘ら関はれず

残し置きし日記・アルバム・授業ノート捨つればすでにわれ亡きがごと

花の木のひと葉

本堂も書院も庫裡も修築を終へてすがすがと夫住職を退く

二〇二〇年五月

ふるさとに葬りし村人は二百余人夫はその生の具体も熟知す

聖徳太子植ゑしと伝ふる花の木を村人誇りてはぐくみきたりぬ

伝説を承けてわが寺に勤めこし太子講は忌日のきさらぎ二十一日

花の木のひと葉焼きつくる抹茶碗娘らに譲りぬ皇華山の裔なれば

新婚の吾らの住ひを舅は名付く鈴鹿嶺見放くれば「眺山荘」と

耕耘機の後追ひ群鴉(あ)のあされるを玻璃戸に見るも今日が限りか

嫁ぎしより暮しし部屋の雨戸閉づ今日よりは開かれぬまま朽ちゆくか

見納めとなる壺庭の石楠花の濃きくれなゐをはなむけとせむ

信楽焼の味噌甕も臼も処分終へ今宵は納屋に濃き闇満ちゐむ

祝婚に呉れたる人形「八重垣姫」助手席に乗せ住み経りし家去る

窓外の若葉は風に騒立ちて助手席の「姫」つぶやく気配

「句の縁教への縁あたたかく」寡黙なりし父の思ひに触れぬ

「寺に嫁くこともさだめ」と詠みし父いまさば嘆くか去りゆく吾を

尉鶲の伝言

青空にとどまり啼き継ぐ一点に声に出でたり美空のひばりと

羽裏の白きらめかせ声けたたましく鳶追ふ鳧(けり)のむかふ意気強き

秋天の風に乗る鳶を仰ぐ視野の端にせはしき蝙蝠三羽

月明の夜を楽しむか嘉（よみ）するか白鷺一群れさま変へ飛翔す

藍深き夜空を列成し飛ぶ鷺の翼は月に発光するがに

キチキチと鳴く鳥は百舌とひとり決め暮れ早き棚田の底急ぎ行く

ウォーキングより帰れる夫告ぐ水ぬるむ岸辺に待つと尉鶲（じょうびたき）の伝言

枯野原にあそべるひとつ尉鶲わがあてずつぽうの鳴きまねに応へず

鵯（ひよ）の群今朝ピラカンサの実を食ひ尽くす鳥語にめぐりし情報なるか

父と句会か

午前四時スタンド点し短歌（うた）記す吾は遠き夜の父に似てきぬ

俳号玄城を法名として兄逝きぬ時を気にせず父と句会か

墓隣る水木しげると戦ばなしを肴に酌むか磊落なる兄は

帰郷して緩和病棟に淡海見て過ごす願ひもむなしく逝きぬ

甥の形見のＣＤはソプラノに愛を歌ふまなこ鋭き面に相応はず

墨画に和む

離りゆく龍を目に追ふ仙人の仰向けの顔に時の長さ見ゆ

雪村展

蟷螂の透き翅広げ震はせて跳べるいちづの墨画に和む

雪村の大あくびする布袋図に釘付けの夫を残し進みぬ

息長(おきなが)陵の麓の蔵に百年を眠りゐし鶴か面映ゆげにむかうむき

新出の若冲一幅

うしろむく鶴を描ける一筆の曲線濃淡なして柔らか

ついばむを止めて振りむく刹那の鶴　視線も嘴（はし）も一点を指す

羽根ひろぐる白孔雀大地を踏みしむる脚の描線の細き充実

上村淳之「白孔雀」

しるべの笛

竜神を呼ばひ気を裂く笛一声疲れゐる身の芯にひびきぬ

能「竹生島」

宝珠捧げ躍り巡れる竜神にエネルギー受くすこやかにあらな

声変りしそめるとボーイソプラノと子方の二重唱のびやかに謡ふ

能「唐船」

蟷螂二匹描かるる肩衣（かたぎぬ）の太郎冠者橋掛り来れば野道見えくる

後（のち）シテを呼び出すしるべの笛響かず張りつめし空気不意にゆるびぬ

子ら連れて母国に帰る喜びの舞ひは唐船三尺四方のうち

能舞台に珍皇寺の座主散華して読経す「篁」の復曲成る今日

能「篁」

罪無くて流罪と篁は金襴の狩衣かがやかせ忿怒のかたまり

橋掛りに見れば御息所の泥眼の笑まふ口元ににぶき金色

能「葵の上」

御息所の後に従ふ青女房上背(うはぜい)あれば仇討(あだう)ちめきぬ

舞ひ足りぬ御息所か囃子方去れる舞台にたゆたふ愛怨

采女去れどなほ猿沢池辺にゐる心地「よろしかつたな」と隣席の老爺は

能「采女」

*

二十余の霊の能面に独り対ふ彦根城博物館異界めき冷ゆ

能面展

乱れ髪額(ぬか)にかかりて頬染める「生成(なまなり)」に溜まりゆく瞋恚(しんい)まざまざ

怨念の凝る般若の面(おもて)いたましき着けられ舞はば鎮まりゆくか

力こぶに触らしむ

ボルダリング上りては滑るを繰り返し幼の一人称は「おれ」に変りぬ

腕立て伏せ五回して力こぶに触らしむ褒められ好きの玄太六歳

跳び損ね溝川に落ち泣く幼にわれの「魔法のポケット」探らす

戦隊グッズを大人買ひせる六歳の動画とどきぬお年玉成金なり

自転車に乗り得て五日目かたくなに練習したる軌道をなぞる

新しき自転車は赤色・ギア付きと少年逸りて帰途を急げり

「ばあば数へて」と動画の縄跳びは十九回　県境越えるなの禁令いつまで

休園中の友らの分のりんごジュース三個もらつたとはしやぎ告げきぬ

逢へざれば恋人のごと幼恋ふと言へば競争厳しと娘の笑ふ

二月(ふたつき)ぶりの生玄太(なま)と観る「天気の子」涙ぐむ気配に気づかぬふりする

女雛の御髪

吉報の届ける今朝は雛飾らむ背ぐぐまり堪へしは雛(ひひな)も吾も

烏帽子の緒結べば男雛の面差しは締まりぬわが家のしばしの守護神

ぢぢばばに黄とピンクのガーベラ一本づつ幼の土産を雛(ひひな)に分かつ

オーバーワークに監視きびしき世となりぬ雛の雪洞消す時刻早めぬ

時経るもこころ通はぬ友に似て今日も眼を伏せる女雛蔵ひゆく

淡島神社にわが雛(ひひな)託しこころ晴る家仕舞ひに捨て続くる三月(みつき)に

随身も官女も供養に託したり残れる女雛の御髪(みぐし)乱るる

ねんごろに雛供養しますと送りこし香「初花」炷く終(つひ)なる別れ

子規の磁場

青年子規は大食ひ・旅好き・友多し根アカに磊落にこの世生きたり

森まゆみ『子規の音』

子規の磁場にからみとられし人あまたなかんづく漱石に陸羯南は

カリエスの醒ませる子規の激昂か律への悪口容赦もあらず

律も母も不在は魔の刻枕辺の千枚通しは自死そそのかす

短歌革新の狼煙はその死の四年前不意の啓示に撃たれし子規か

＊

寄託せる大江(おほえ)健三郎の草稿塗りつぶし書き変へ書き添へ原文見分かず

あまたたび推敲経しと一語一語かみしめて読む『芽むしり仔撃ち』

わが予想暗きまま「芽をむしり仔を撃つ」の寓意解かむと幾日読み継ぐ

ウクライナも原発再稼働にも発言のなき大江氏に迫る死思へり

コロナ籠り

コロナ籠りにスキルアップせる家事能力　夫の散髪・ネットショッピングも

マスクすれば身を隠す思ひ口紅も引かず眉描くのみに春過ぐ

コロナ籠りの夕暗む部屋に掲げゐるジャコメッティの男歩みとどめず

三月(みつき)ぶりに髪切り染めてマスクせぬ鏡の吾ゆこもりぼけ失す

感染者減りそめ美容院に髪切れば姥より初老の女に変化(へんげ)す

マフラーに眼鏡・マスク・帽子と装着し生身の吾を奥ふかく仕舞ふ

怖々のワクチン接種ことなき夜時かけて鯛のかぶと煮仕上げぬ

コロナ禍の熄(や)まば訪ひたし上田三四二の赴任地・世阿弥配流の佐渡を

夫の贔屓のブランド店も撤退すコロナ世の変転はここにもじわり

ときめきの出会ひは成らず大文字の夜の蠟燭能中止の連絡

秋夜の能「恋重荷」を予約しぬ三月先読めねどかのシテに逢ふべし

書きくれし棋譜

長者町を北へとグーグルマップは根気よくわが少年の小学校に導く

日に一字ひらがな習ふ一年生て・て・ての行列は暗号めきぬ

一年生の宿題見やれば「上」の書き順違へき三十余年のわれの板書は

翼得しごとく自在にひらがなに絵文字混じへてわが一年生の手紙

おへらしは嫌ひな給食返す言葉偏食許容の小学校となるか

夏休み初日の玄太の収穫は買ひ弁に五年生との将棋に勝ちしこと

わが将棋の師匠は七歳すらすらと書きくれし棋譜に指し手を復習ふ

飛車に角と駒の進め方教へくれたちまち少年はわが玉奪ふ

駒四つ落とすハンディの七歳は桂馬と香車に攻めに攻めくる

王手とまた声が掛かりぬ闇討ちのなき清しさといへど逃げ継ぐ

角に飛車生き生き動く盤上に攻守転々夫追ひ詰めらるる

コロンボの推理

刃を入るる角度違へてマンゴーの意固地なる種にしばし難儀す

雨戸鎖し台風過ぐるを待つ昼を犯人知つてるサスペンスまた観る

アリランのメロディ隣室(となり)より聞こえ十津川警部逃亡犯追ふか

痛む胃を鎮めむ白粥時かけて煮る夜は処分せし雪平鍋(ゆきひら)惜しむ

食卓の話題は突如混線す「タハラマチ」を夫の「カハラマチ」と聞き違へて

お湯割りの焼酎一杯にうたた寝しコロンボの推理にはぐれてしまひぬ

「百年の孤独」の火酒いささかを飲み干して昂ぶる一日(ひとひ)を強制終了

ヒートコットンの掛け毛布に身をからめられ小人に縛されしガリヴァーの気分

キーウの市民

ロシア侵攻にからむサイバー攻撃かわが家の電話もネットも繫がらず

助け求むる応答は自動音声にて手間取ればまた最初に戻りぬ

自動音声の関門越えてたどりつく頼り甲斐ある若き肉声

地下街に降りゆけば見ゆ爆撃に息潜め籠るキーウの市民が

虚（から）のベビーカー一〇九並べ母の嘆き見する広場に引き据ゑよかの独裁者を

ぬけぬけと聖句に触れて煽りゐる映像のプーチンを声に詰(なじ)りぬ

携帯ミサイル(ジャベリン)を抱く聖母の図に黙すウクライナの屈せぬ決意なれども

侵攻の後は唄はずロシア民謡「雄々しき丈夫(ますらを)」の昂ぶるくだり

雨戸揺る春あらしの音に爆撃音想ふセンチメンタルの吾を嫌悪す

群生の彼岸花なべて崩えゐたる斜面(なだり)ウクライナの焦土もかくや

狙撃せし銃声の残響つぎつぎに政治家撃つを獄舎に知るや

安倍元首相銃撃

辺見じゅんかの世に嘆かむ縛されし弟春樹今日また歴彦(つぐ)

東京オリンピック贈賄

新旧の世代激突すがすがし俊足のエンバペ・巧蹴のメッシ

ラ・プ(の)ルガと呼ばれし少年メッシいま三人(みたり)を躱しシュート鋭し

W杯の熱狂に隠れ仕組まれをり敵基地攻撃能力の謀略

わが風の岬

早苗田となべてなりたる棚田の畦払ひても払ひてもまくなぎの湧く

夕づけばをちこちに人の湧く棚田つね単独行の青鷺もをり

棚田見放くる畦の三叉路「風の岬」と名付けぬ湖よりの風吹き通る

身にゆるきワンピースを風の吹き通る刹那青田に浮上する心地

穂孕める青田をともなふわが影に手を振る吾より背高くスリム

炎熱の夕陽照りかへして墓石の面（おもて）つぎつぎ朱に発光す

刈りそけし畦にひと叢(むら)吾亦紅残せる風雅の農はいづへに

溝跳びて金水引草(みづひき)今年も摘みくれぬかかる平穏の続けよしばし

湖よりの風が梳きゆく幾万のコスモスの海を漕ぐがにあゆむ

畦下り見返れば棚田三枚の秋桜畑は薄緋のひと刷け

刈萱（かるかや）はやさしき錆朱・狗尾草（ゑのころ）はかげりなき黄と冬畦たのしき

筆選ぶ弘法

オミクロン禍の最前線の二年生会へぬままチューリップは溢れ咲くのみ

エアアタック・エア大縄跳びの八歳の動画届きぬまた変貌を遂ぐ

昇級の証しの青紐に回す独楽右掌(て)より紐伝ひいま左の掌に

右手（めて）より左手（ゆんで）・股をくぐらせ背（せな）めぐる玄太の独楽さばきの技は高度化

手作りの恐竜カードに付けしポイント億・兆・京・垓（がい）と少年読み上ぐ

将棋よりいまはけん玉に夢中なり七歳の遊び力多様に進化す

指添へてけん玉の握り方を教へくれ踏み出す膝の屈伸使へと

七歳にあきらめるなと叱咤され夫つひに玉を大皿に載す

少年の欲るけん玉探し店巡る筆選ぶ弘法よと揶揄しつつ

けん玉の準初段取つたと見せくれぬ振り剣・灯台・世界一周の技

お下がりのアームスタンド

ＩＴ音痴の夫に贈りぬ単純仕様の時代に遅るるパソコン一台

夫よりのお下がりのアームスタンドに机上ひろやか短歌（うた）推敲す

今のこころに相応ふ言葉を探しあぐむ亜流許さじ我流目指すと

書き倦みて目守る咲きたての酔芙蓉底に黄にじむは誰にもないしよ

窓揺りて過ぐる疾風にまとまると見えし詩想をまた見失ふ

枕灯(スタンド)を消しては点くの反復は救援(ヘルプ)の合図　詩神よきたれ

稿成りて下り立つ朝の庭桔梗(きちかう)の蕾はゆるぎなき五角形なす

タイムリーな夫の目覚めよ泥みつつ稿書き上げし窓に雪降る

二重線引きて消したるわが草稿見せ消ちの表記と夫おもしろがる

わが稿を評せる夫の辛辣に腹立てどひと夜寝れば腑に落つ

魑魅はいづへ

咲きあふるる大反魂草（おほはんごんさう）に思ひ出づ去年は摘みため供華になしたり

わがキッチンのあるじは今日より尼講か仏飯・お斎（とき）と活気づきゐむ

吾ら去りて四月（よつき）か人居ぬ境内の木槿の残花に黄の蝶ゆらゆら

境内の千両も石蕗も刈られたりここなる魑魅(すだま)はいづへに去りけむ

門徒に後を託して住職退きし夫閉ざせる御堂の外にて経誦す

夫の読経にたどたどと従(つ)く吾目守(まも)るがに供華の秋明菊かすか揺れをり

訃の報せ聞きのがさじと留守電話セットする張りつめし暮しも過ぎぬ

コロナ禍に親鸞忌も修正会（しゆしやうゑ）も中止と聞くやむなしといへどこころ痛みぬ

湯守・滝守ゆかしき呼び名さらば吾は坊守たりき三十余年を

買手つきしわがムーヴいまごろ故里のなづな咲く道ことこと走るか

境内にはびこる蕺草(どくだみ)厭ひしもすでに過去十字の白花を愛づ

雪ふかき古里離(か)れてはや二年また出る警報もおだやかに聞く

居其可在處

歌集編むとも贈る人なしと嘆かへばかの世の父に師に捧げよと夫は

先に逝くは夫とのはかなき前提に書き上げし遺言書のＳＦめきぬ

遺言書託せばわが死も定まりて逆算する今日ひとひ雪舞ふ

往けば生（あ）るを信ずる夫と無に還ると思へる吾に冥婚難きか

先に逝くは夫となにゆゑ決めゐるやスープメーカーの取扱説明（トリセツ）教へぬ

知力体力おとろへあやまつを赦し合ふ老の構へのいつしか身に就く

光とも標(しるべ)ともなりてわれを照らす長与善郎(ながよ)の書幅「居其可在處(そのあるべきところにゐよ)」

あとがき

六十歳になった年に第一歌集『冬の花火』、七十歳には『チベットの鈴』を上梓した。八十歳ではどうするかと考えた時、逡巡する思いが強かった。なぜなら読んでほしい師、歌の先輩、友人、そして肉親などの多くが、幽冥の境を異にしてしまった現在、歌集を出すことに積極的な意味があるのだろうかと考え込まざるを得なかったのである。そうした折、ふと目に止まった歌集があった。それは、頁の所々に写真が差し込まれている歌集であった。その瞬間ひらめくものがあった。そうだ、次の歌集は家族全員が集合する場としての歌集にしようという着想だった。そこから、この歌集出版にむけての動きが始まった。写真は長女花子、イラストは孫の優花、装幀は第一、第二歌集を担当してくれた次女珠子と歌集の輪郭が見えてきた。他の家族、もう一人の孫玄太は私のこの十年間の作歌の主人公ともいうべき歌材提供者である。また夫は私の作歌過程のほとんどすべてに関わっている不可欠の存在である。こうして家族全員が参加する場としての第三歌集が具体化したのだった。

　私に作歌法とでもいうものがあるとしたら次のようなものだろう。日常生活で心が動いた出来事や対象は、ともかく短歌形式様の言葉で書きとどめる。私にとって「今」とは、自分の生きている時間の中でもっとも新しい時間だと思うから、わくわくしながらその瞬間を言葉にとどめようとする。私の作歌における基本姿勢は、素材においても、言語化においても「今」の持つ「処女性」を大切にすることだと思っている。だから、大げさな言い方だが、この自分の人生における初めての体験に敬意を払い、繰り返し観察・吟味して、それを容れる器である短歌にふさわしい言葉を探す。使い古されたありきたりの表現を可能な限り避け、自分の感性に忠実な独自性のある言葉を模索する。その作業の結実した歌を私は歌の原石と呼んでいる。それについて門外漢である夫の感想を聞く。そしてもう一度彫琢を加え、一首を完成させる。この作業をひと月積み重ねることは、まるで小銭をしこしこと貯めるようなもので、私の存在証明としての歌が溜まっていく。この毎日毎月の作歌のルーティンが、習慣（ハビット）としていつのまにか今の私の生活に深く根付いてきた。

ついでに、歌集を編む手順も付記してみよう。月々送稿した短歌は、私の十年間の折々の感動・所感の結晶であり存在証明であるが、それらは基本的には単独で独立したもので、相互関連はない。そこで、歌集にする時には蓄積した歌群から共通した内容や通い合うテーマを見つけ出して、歌を選び、配列を考えながら布置し、時間系列から解放する作業をする。さらにそれらのまとまりをひとつの構想のもとに組み立てる。この過程は、作歌当時とは異質の作業で、まるで小説を書くような創造的で心躍る作業だ。できあがった全体像を俯瞰すると、そこには今まで気づかなかった作者皇邦子の感受性・思考の特徴や人間性が浮かび上がってくる。歌集をまとめることはこうした自己発見の貴重な機会だと改めて思う。

しかし基本的には時間軸を尊重している。この七十歳代の生活は、共働きの次女の生活を手助けをするものであったから、縦軸はそこで遭遇した孫玄太の成長記録の態をなしている。横軸には私の日常での発見・感動・思索が織り込まれている。たとえば家族、坊守の日々、自然、芸術観賞、社会事象等々で、特に大きな出来事としては、半世紀にわたって住職を務めた夫が四代続いた寺を離れたことがある。

振りかえると、ものを書くことが好きだった少女が、紆余曲折を経ながら、いろんな人や場面に導かれて、短歌に出会い、短歌によって日々を充実させてきた。短歌が人生の伴走者となってきたほぼ五十年間の長い道程を振り返って、私の人生に短歌があって良かったと心から感謝している。

歌集名『居其可在處』は夫が入手した作家長与善郎の書幅の言葉である。ある年、ひと夏私はこの書幅の掛かった部屋ですごした。朝晩眺めているとさまざまな錯綜する思いが整理され浄化され、今私の居る「處」に足をしかと据えようと心が定まった。そしてまた、この歌集に参加してくれた家族たちにもその人生にこれからどのような展開が待つかはわからないが、いま自分の生きている場所に深く根を下ろして生きて欲しいという願いをこめてこの歌集名を選んだ。

歌集全体の構成がほぼ決まり最後の装幀作業が始まった時、思いがけない新たな参加者が加わった。孫玄太である。手作りのカードゲームに熱中している彼が描いた、さまざまな動物が表紙画として浮上したのである。個性的な動物が躍動する愉快な画こそまさにこの歌集名『居其可在處』の本意の具体化だと即決した。こうして最初に私の願った全員参加の歌集がはからずも実現したのであった。

青磁社の永田淳氏には私のさまざまなわがままな思い入れに耳を傾け、その実現に力を貸して下さった、心よりの感謝を捧げたい。

二〇二三年五月二日

皇　邦子

著者略歴

皇 邦子（すめらぎ くにこ）

1943（昭和18）年　滋賀県生まれ
1966（昭和41）年　京都府立大学文家政学部文学科卒業
　　　　　　　　　滋賀県立高校教諭（国語科）
1984（昭和59）年「アララギ」入会
1998（平成10）年「新アララギ」入会
2003（平成15）年　滋賀県立高校教諭退職
　　　　　　　　　第一歌集『冬の花火』刊
　　　　　　　　　（短歌新聞社第一歌集賞受賞）
2010（平成22）年「新アララギ」編集委員
2013（平成25）年　第二歌集『チベットの鈴』刊
　　　　　　　　　（第18回日本自費出版文化賞入選）

歌集　居其可在處（そのあるべきところにゐよ）

初版発行日　二〇二三年五月二日
著　者　皇　邦子
　草津市若草六—三—一〇（〒五二五—〇〇四五）
定　価　二五〇〇円
発行者　永田　淳
発行所　青磁社
　京都市北区上賀茂豊田町四〇—一（〒六〇三—八〇四五）
　電話　〇七五—七〇五—二八三八
　振替　〇〇九四〇—二—一二四二二四
　https://seijisya.com
印刷・製本　創栄図書印刷

ISBN978-4-86198-562-1 C0092 ¥2500E